HOMMAGE

A

NOTRE-DAME-LA-BLANCHE,

PAR

Mme CAROLINE FALAIZE, née JACQUEMAIN.

Bourges ,

P.-A. MANCERON, imprimeur de Mgr l'Archevêque.

1844.

SE VEND

Au profit de la Chapelle de la Sainte Vierge :

A Bourges, chez : { P. A. MANCERON, Imp.-Lib.
JUST-BERNARD, Libraire de
Mgr l'Archevêque.

ORIGINE

DE LA SAINTE-CHAPELLE

ET DE LA

Statue de la Sainte Vierge,

APPELÉE

NOTRE-DAME-LA-BLANCHE.

En l'an de grâce treize cent quarante naquit un prince que devaient distinguer plus tard les dons du cœur et de l'esprit, le goût des beaux arts, de la magnificence et des armes. Ce prince était Jean, troisième fils de Jean-le-Bon, roi de France, et de Bonne de Luxembourg, sa première femme.

A cette époque, Philippe de Valois vivait encore. Quand le dauphin lui succéda, Jean grandit dans le palais de son père au milieu des orages politiques qui signalèrent ce malheureux règne. Sa bravoure se développa en même temps que sa haine pour les ennemis du royaume, et on le vit, à peine âgé de seize ans, combattre valeureusement à côté de ses frères à la désastreuse journée de Poitiers.

Quatre années plus tard, le roi Jean érigea le Berry en duché-pairie et le donna, pour apanage, à Jean de France. Alors commencèrent, dans la ville capitale de cette province, les immenses constructions dont nous admirons aujourd'hui les imposantes ruines. Le jeune prince, par son goût éclairé, ses encouragemens et ses largesses, ayant attiré près de lui les artistes les plus distingués du temps, posa, dans la ville de Bourges, les fondemens du palais appelé depuis Palais-Royal. Cet édifice appuyé d'un côté sur les murs de l'ancienne cité, dominait la campagne au sud-ouest dans une position découverte et riante.

Mais les hommes de cette époque, tout en songeant au bien-être et aux pompes de la vie, ne perdaient jamais de vue la salutaire pensée de la mort; elle se mêlait à leurs fêtes, à leurs travaux, à leurs projets, à leurs créations; ils se plaisaient à édifier et à embellir le monument qui devait, après le court pélerinage d'ici-bas, recevoir leur froide dépouille; le berceau était simple et remplissait sa destination sans attirer les regards; la tombe empruntait quelque chose de cette immortalité promise à la poussière de l'homme.

Par suite de cette manière d'être et de

sentir, le duc Jean, après avoir arrêté et mis en œuvre les plans de son habitation, s'occupa de chercher une place pour son tombeau. Il le voulait à l'ombre d'une voûte gothique et de piliers élancés, emblêmes de la prière; éclairé par l'ogive aux riches verrières, aux reflets mystérieux, embaumé et comme purifié par l'encens du sacrifice. La construction d'une chapelle réalisa sa pensée.

Ce monument, érigé tout proche du palais, fut achevé dans l'espace de cinq ans, et précéda de onze la mort de son fondateur. Jean de France composa son épitaphe; mais il ne put, selon ses désirs, ériger de son vivant le tombeau qu'il s'était promis dans cette enceinte sacrée; le roi Charles VII, son neveu, accomplit, dans la suite, avec une magnificence toute royale, ce pieux devoir.

La Sainte-Chapelle, dont je ne prétends pas faire ici la description, était un modèle de légèreté, de richesse et d'élégance. Les arts y avaient déployé toute leur magie, et leurs brillantes productions en rehaussaient la simple et noble architecture.

L'intérieur de cet édifice était composé de quatorze faisceaux de colonnettes groupés trois par trois, dorées et peintes de diverses couleurs ainsi que les nervures qui s'y rapportaient. La voûte, dont la tendre nuance rappelait l'azur du ciel, semblait n'opposer aucune barrière à l'âme qui, dans un doux transport d'amour, s'élançait vers Dieu. Au-dessus des stalles richement sculptées, les colonnes, interrompues dans leur partie inférieure, formaient un habitacle dans lequel était placé l'un des douze apôtres.

Le tombeau de Jean de France apparaissait au milieu du chœur. Le duc, dont la statue offre, dit-on, la parfaite ressemblance, est représenté couché, les mains croisées sur la poitrine, la tête posée sur deux coussins, les pieds appuyés sur un ours muselé et enchaîné. Une porte de bois à jour, d'un beau travail, séparait ce sanctuaire de la nef; le principal autel orné d'un tableau s'élevait sous la clé de voûte du rond-point, et à peu de distance en arrière, immédiatement sous la croisée en ogive, se trouvait l'autel de *Notre-Dame-la-Blanche*, ainsi nommé parce qu'il servait de piédestal à une statue en marbre blanc de la Sainte-Vierge.

Arrêtons-nous un instant pour évoquer ici les souvenirs du passé. Il était beau, sans doute, cet autel élevé à la gloire de la reine des Cieux. Une pensée éminemment religieuse avait guidé le ciseau intelligent de l'artiste, et le marbre respirait sous les traits de Jésus et de la Vierge-Mère.

A leurs pieds étaient agenouillés, en longs manteaux, en robes traînantes, la statue du duc et celle de la duchesse, sa femme bien aimée : les fleurs de lys et l'hermine, l'or, le brocard et le velours ciselés sur la pierre, témoignaient de la magnificence de ces deux personnages, comme leur attitude humble et recueillie témoignait de leur piété.

Un si noble exemple ne fut perdu ni pour les hauts barons, ni pour les gens de petit état. Une foule nombreuse inonda, comme un torrent, le parvis de la Sainte-Chapelle, et vint déposer à l'autel de Notre-Dame-la-Blanche, devenu populaire, un tribut d'amour et de vénération.

1*

La reine des Anges recueillit au ciel les vœux ardens de cette multitude et se plut à les couronner.

Tristes victimes des révolutions, il ne nous a pas été donné, comme à nos heureux devanciers, d'admirer les traits de cette majestueuse représentation de la Vierge-Sainte, qu'une pensée divine semble avoir conçue et mise au jour, tant son attitude est empreinte d'angélique pureté, de candide abandon. Lorsque nos regards s'arrêtèrent sur cette blanche image, ils la contemplèrent avec douleur, car elle était mutilée, dépouillée de sa gloire, et gisait à l'écart dans l'abandon, je dirais presque....... dans le mépris. Ah! qu'il y avait cependant encore de rayonnemens autour de cette chevelure répandue à profusion sur ces épaules de marbre, dans les plis de ce manteau si largement drapé ; dans le corps penché , dans les bras étendus de ce petit enfant assis sur les genoux de sa mère ; de ce Jésus qui , toujours miséricordieux , toujours lui-même, semblait prêt encore à bénir ceux-là même qui l'avaient si cruellement outragé.

Une autorité sage et éclairée, amie des arts et du beau , ayant compris tout ce que ces débris renfermaient de valeur réelle et mystique , d'affections antiques et pieuses, conçut la pensée de les tirer de la poussière et de les replacer sur le trône. Ce généreux dessein trouva plus d'un écho dans les cœurs, et la restauration de *Notre-Dame-la-Blanche* ne tarda pas à être exécutée.

Le sentiment catholique, immortel et fécond, ne se retrouve pas moins dans le second travail que dans le premier. Le jeune artiste * auquel il a été confié s'est inspiré aux sources les plus pures, et des étincelles de génie ont jailli du feu sacré qui brûle en son cœur. Grâce à ses efforts et à son talent, nous revoyons notre bonne mère triompher encore parmi nous, et nous la revoyons non moins ravissante que lorsque son image sortit pour la première fois des mains du sculpteur qui lui avait imprimé un cachet de vie.

Le peuple attendri, viendra, chaque jour, s'agenouiller au pied de son autel et l'invoquera avec un cœur tout pénétré de confiance et d'amour ; de timides Vierges chanteront ses louanges et lui tresseront une couronne des fleurs suaves et délicates de leur innocence et de leurs vertus ; l'enfant souriant à sa vue, ap-

* M. Jules Dumoutet.

prendra à bégayer son nom ; le pécheur sentira son cœur s'amollir en sa présence, il versera des pleurs, il frappera sa poitrine ; tous, grands et petits, faibles et forts, riches et pauvres, heureux et malheureux, nous lui dirons : — O vous qui régnez dans la gloire, prenez pitié de vos enfants qui gémissent, qui souffrent et combattent sur la terre !...... Marie nous entendra....., et, pour une mère....., entendre, c'est exaucer.

CHANT D'AMOUR,

PLAINTES, CONSOLATIONS, LOUANGES.

RÉCITATIF.

Du sombre exil qu'on appelle la terre
    S'élève une immense clameur :
C'est un long cri de deuil, d'unanime douleur
    Poussé par l'humaine misère.
Ecoutez ! Ecoutez : partout la plainte amère.
    Fille éloquente du malheur,
S'exhale à flots pressés ou monte solitaire
Vers un ciel courroucé, mais juste en sa rigueur.

CHŒUR.

Nous tombons à genoux, voyez couler nos larmes,
    Tonnez ! Seigneur, mais laissez-vous fléchir,
      La clémence a pour vous des charmes,
      Vous ne blessez que pour guérir.

PREMIÈRE VOIX.

L'iniquité coule à plein bord
Comme un torrent grossi par les orages,
L'impiété fière de ses ravages,
Sème en tous lieux l'épouvante et la mort.

CHŒUR.

Nous tombons à genoux, voyez couler nos larmes,
Tonnez ! Seigneur, mais laissez-vous fléchir,
La clémence a pour vous des charmes,
Vous ne blessez que pour guérir.

SECONDE VOIX.

Le faible est opprimé,
Semblable à la colombe,
Que poursuit le chasseur d'un trait fatal armé ;
L'innocence succombe :
Et dans l'affreux désert au vrai bonheur fermé,
Où le crime triomphe, où la loi de Dieu tombe,
Où d'un or vil tout cœur est affamé ;

Le juste de dégoûts, de chagrins consumé,
N'entrevoit le repos que par-de là la tombe.

CHŒUR.

Tonnez ! Tonnez, Seigneur, mais laissez-vous fléchir.
Voyez à vos genoux un peuple tout en larmes.
La clémence a pour vous des charmes,
Vous ne blessez que pour guérir.

PREMIÈRE VOIX.

Toujours en vous, l'amour apaise la colère,
Vous pardonnez l'offense ; et votre bras de père
Que notre orgueil contraint seul à frapper,
Laisse, au cri du remord, le glaive s'échapper.
Israël abattu sous la verge étrangère,
Vers vous lève les yeux, et ce regard du cœur
Lui suscite un libérateur.
Le sable du désert pour lui devient fertile,
La mer ouvrit ses flots, le rocher fut docile;

Et la manne en cristal s'épanchant au matin,
D'un mets délicieux rassasia sa faim.

CHŒUR.

Nous tombons à genoux, voyez couler nos larmes,
Tonnez ! Seigneur, mais laissez-vous fléchir.
La clémence a pour vous des charmes.
Vous ne blessez que pour guérir.

SECONDE VOIX.

Pour dompter un peuple en délire
Qui toujours murmure et conspire;
Gonflés de noirs poisons, se dressent menaçants,
Des reptiles aux dards sanglants.
Tout Israël sous leur morsure expire;
Mais sa mourante voix n'implore pas en vain
L'arbitre souverain
Qui dans le pardon met sa gloire;
Et la vertu d'en haut, par le serpent d'airain,
Arrache à l'enfer sa victoire.

CHŒUR.

Tonnez ! Tonnez, Seigneur, mais laissez-vous fléchir.
Voyez à vos genoux un peuple tout en larmes.
La clémence a pour vous des charmes,
Vous ne blessez que pour guérir.

VOIX DU CIEL.

» Ma tendresse n'a point d'égale
» Pour les enfants qu'en mon sein j'ai portés.
» A chaque heure je la signale
» Par d'intarissables bontés.
» La manne du désert, l'eau vive de la pierre,
» N'étaient qu'un emblême imparfait
» Du torrent de douceur, de grâce et de lumière,
» Que je verse à l'autel par un constant bienfait.
» Si le serpent d'airain désarmant ma justice,
» N'apparaît plus dans les jours périlleux,
» L'agneau sans tache offre son sang propice,
» Et prodige à la fois plus grand, plus merveilleux,

» Le faible est ranimé par le vin du calice ,
» Le malade est guéri par le froment des Cieux. »

CHŒUR.

Oui, le Seigneur se laissera fléchir ;
Il a pris en pitié nos vœux et nos alarmes,
La clémence a pour lui des charmes ,
Il ne blesse que pour guérir.

VOIX DU CIEL.

« Enfants, autour de vous si la tempête gronde;
» Si naviguant sur l'océan du monde,
» Par les vents emportés, votre fragile esquif
» Roule, bondit, se perd sur un rescif ;
» Levez les yeux, j'ai placé comme un phare
» La blanche étoile du matin;
» La grâce, la beauté la pare;
» Son disque resplendit à l'horison sans fin.
» Proclamé sur les mers, lorsque mugit l'orage,

» Son nom de l'abîme mouvant
» Referme le gouffre béant.
» Et le nocher qui l'invoque en traçant
» Un dangereux sillage ,
» N'a point à redouter les horreurs du naufrage. »

VOIX DE LA TERRE.

Qui nous dira ce nom au magique pouvoir?
Ce nom qui protège, qui prie
Et verse un consolant espoir
Dans l'âme par les plurs flétrie.. ?

VOIX DU CIEL.

« Ce nom si glorieux,
» Qui réjouit les Cieux ,
» Que l'univers publie ,
» Ce nom si glorieux....
» Est le nom de Marie. »

CHŒURS.

Tombons à genoux,
Que ce nom si doux.
Si plein d'harmonie,
Dans notre âme ravie,
Soit gravé pour la vie.
Le Seigneur s'est laissé fléchir,
Il a tari nos larmes,
Et calmé nos alarmes,
La clémence a pour lui des charmes,
Il ne blesse que pour guérir.

Hymne à la Vierge. *

Tendre lys de Jessé, rose mystérieuse,
Aux parfums enchanteurs;
Humectée en secret des pleurs,
Qu'en cette route ténébreuse
Arrachant aux mortels de cuisantes douleurs;
Laissez monter vers vous sur l'aile des saints Anges,
Le concert de louanges
Exhalé du fond de nos cœurs.

Oh! qu'elle est belle, oh! qu'elle est bonne,
Celle que le Très-Haut couronne
En d'inaccessibles hauteurs.
Elle foule à ses pieds et l'opale et l'ivoire,
Se revêt d'un manteau de gloire,
Et s'assied sur un trône inondé de splendeurs.

* Mise en musique par M. Darondeau.

Plus brillante que les étoiles ,
Qui peut la regarder sans voiles ?
Est-ce l'œil d'un simple mortel ?
L'œil de l'Ange s'abaisse même .
Sous l'éclat de son diadême ,
Et du foyer d'amour qui brûle à son autel.

Et pourtant sa tendresse à nos maux attentive
S'épanche sur la sombre rive ,
Où l'enfant de l'exil épuisé de langueur ,
Tombe et périt comme une fleur.
Bien plus mère que souveraine ,
Elle compatit à sa peine,
Et brise le fer qui l'enchaîne
Sur le rocher de la douleur.

Oh ! de quels ravissants spectacles
Marie enchante nos regards !
Qui racontera les miracles
Qu'elle a semés de toutes parts ?
C'est un astre qui , dans sa route ,
Dissipant l'erreur et le doute ,

Rend à la vérité ses célestes attraits,
Et du haut des saintes demeures,
Nous apprend à compter les heures,
Par le nombre de ses bienfaits.

Si mon âme, triste victime
Du mal qui partout se fait jour,
S'abandonne aux conseils du crime,
La Vierge aussitôt la ranime
Aux doux rayons de son amour.
Sa main légère, autant que sûre,
Met l'appareil sur ma blessure,
Et d'une voix qui s'attendrit,
De mes larmes montrant la trace,
Elle crie au ciel : — Grâce ! grâce....
C'est un membre de Jésus-Christ.

Sans cesse elle essuie
Les pleurs que sans fin
Répand l'orphelin;
Sur son cœur l'appuie,

2

Et d'un peu de pain
Apaise sa faim.

Mais faut-il arracher l'impie
A sa triste sécurité ?
Aux éclairs de la vérité,
Rendre un élan de charité
A l'indifférence assoupie ?
Sa touchante bonté
S'arme alors de sévérité.
La flamme est dans ses yeux, et sa vive lumière
Renverse le pécheur tremblant sur la poussière.

Tombons à genoux,
Célébrons Marie.
Que son nom si doux
Si plein d'harmonie,
Dans notre âme ravie,
Soit gravé pour la vie.
Tombons à genoux,
Célébrons Marie.

Alors que vivait Jean , de pieuse mémoire ,
Son autel florissait ,
Et dans ses nobles traits empreints d'un sceau de gloire ,
Le marbre respirait.
O touchant souvenir ! *Notre-Dame-la-Blanche* ,
Toujours on la nommait ;
Et le cœur malheureux qui dans le deuil s'épanche ,
Près d'elle soupirait.

Mais une fureur sacrilége
Renversa le beau monument ;
Brisa ce front plus blanc que neige ,
Et sur le sein qui le protége ,
Mutila le divin enfant.

Pleurez , peuples, pleurez ; aux autels de Marie,
Tombez à genoux ,
Calmez son courroux.
D'une âme marrie ,
Que chacun la prie ;
Et touché , s'écrie :

Mère, apaisez-vous,
Et pardonnez-nous !

Elle pardonnera, son autel se relève ;
Sur un trône éclatant
Que notre amour achève ;
Sa beauté resplendit telle qu'au firmament.

Célébrons Marie,
Tombons à genoux,
Que son nom si doux,
Si plein d'harmonie,
Dans notre ame ravie,
Soit gravé pour la vie.
Tombons à genoux,
Célébrons Marie.

INVOCATION.

O Vierge mère ! ô colombe des Cieux !
Jetez sur nous un regard de tendresse ;
Que votre main , prodigue en sa largesse ,
Enrichisse nos cœurs de ses dons précieux.
Placez-y comme un lys au milieu des épines ,
Et la paix et l'amour , fleurs des saintes collines.
Changez en flot de grâce , en bain délicieux ,
Les pleurs qui coulent de nos yeux.
A l'heure du trépas , calmez notre souffrance ,
Et sur un rayon d'espérance .
Marie , emportez-nous au séjour des heureux.

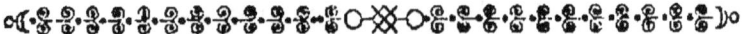

Notes.

—

Bonne de Luxembourg.

Bonne de Luxembourg, fille du roi de Bohême, n'a pas été mise au rang des reines, parce qu'elle mourut avant que Jean-le-Bon, son époux, eût été couronné roi de France. Les historiens nous apprennent que cette princesse était douée d'une grande prudence, et que, par sa générosité envers les pauvres et les affligés, elle se montrait aussi *bonne* d'effet que de nom. Son époux la chérit tendrement pendant les dix-sept années qu'ils vécurent ensemble.

La construction d'une Chapelle, etc.

Cette Sainte-Chapelle, modèle d'architecture sarrazine, avait été construite en retour d'équerre, sur le plan du palais du duc Jean, et d'après le modèle de celle de Paris, bâtie par saint Louis à son retour de Palestine; mais

la copie, à ce qu'assurent plusieurs de nos anciens historiens, surpassait l'original. Sa construction avait été
commencée en quatorze cent et terminée en quatorze
cent-cinq. André Frémiot, archevêque de Bourges, en
fit la dédicace le dix-huit avril de cette même année, et
la consacra en l'honneur du Sauveur.

Son fondateur y avait établi un chapitre, composé d'un
trésorier et de douze chanoines, de treize chapelains et de
treize vicaires exempts de la juridiction de l'archevêque;
il la dota de biens-fonds très considérables, et enrichit
son trésor d'une quantité prodigieuse de reliques et de
reliquaires d'or et d'argent, de vases sacrés du plus
grand prix, d'ornemens magnifiques, d'objets d'antiquité,
d'effets précieux de toute espèce.

On prétend que le motif qui détermina ce prince à faire
édifier la Sainte-Chapelle, a été le refus que fit le chapitre de la Cathédrale de lui accorder les honneurs de la
sépulture dans le chœur de son église, et d'y faire ériger
son mausolée de son vivant. Ce prince avait même déjà
composé l'épitaphe suivante, pour être gravée sur son
tombeau.

> J'ay été grand de race et d'apparence,
> Fils, frère, et oncle de rois de France :
> Aux princes cher, des peuples honoré,
> De mon Berry, peu s'en faut adoré;

Mais je vois bien qu'au sang n'en la grandeur ,
N'aux biens mondains, ne gist le grand—heur :
Le sang royal, ni les provinces larges,
N'exemptent point les princes de grandes charges;
La vertu seule allège un fardeau fort,
Et la foy peut exempter de la mort.

On voyait à la voûte de la Sainte-Chapelle , soutenus par une chaîne de fer, le bois et les ossemens gigantesques d'une espèce de cerf, ou plutôt de monstre, nommé par nos anciens historiens, *Ranchier ou Eriat.* L'effigie colossale de cet animal extraordinaire était placée sur le soubassement du frontispice de l'Église, à droite de la porte d'entrée; il portait à son cou l'écu de France , suspendu par le moyen d'une large ceinture, sur laquelle était écrit qu'il avait vécu trois cents ans , et qu'il était haut de quinze coudées. Le peuple l'appelait le *Géant du Berry* , et cependant son squelette avait été trouvé dans le Dauphiné.

Plusieurs accidens imprévus ont contribué à la ruine de la Sainte-Chapelle ; d'abord , le 18 avril 1693 , un violent incendie réduisit en cendres toute la charpente et fit fondre le plomb de sa couverture; ensuite, le 18 février 1756 , un ouragan des plus furieux renversa le pignon du frontispice sur la voûte et la détruisit en grande partie.

On s'adressa au gouvernement pour obtenir les fonds nécessaires à la réparation de tous ces désastres, mais les dépenses énormes qu'ils auraient coûté firent prendre le parti de supprimer le chapitre qui y était établi et de le réunir ainsi que ses biens à la Cathédrale. En vertu de lettres patentes, on transporta dans le courant du mois d'août 1797 à la Cathédrale, les reliques, les vases sacrés, les ornemens et tous les effets précieux, ainsi que les ossemens du duc Jean, et de la duchesse son épouse, et on les déposa dans un caveau pratiqué dans le milieu du rond-point de l'Église souterraine, sur lequel on plaça leur mausolée, qui était auparavant dans le chœur de la Sainte-Chapelle. La démolition de l'Église fut ordonnée de suite, et les matériaux vendus. Il ne nous reste maintenant, pour ainsi dire, aucun vestige qui puisse nous rappeler le souvenir de ce superbe monument de la piété et de la munificence de notre premier duc de Berry, qui avait décoré la ville de Bourges pendant plus de trois siècles. (ROMELOT).

Sous la croisée en ogive, etc.

La Sainte-Chapelle, remarquable surtout par la grande légéreté de sa construction, l'était encore par l'éclat et la beauté de ses vitraux, où la main de l'artiste avait représenté différents traits de la vie du duc Jean, les actions des principaux personnages de sa cour , ainsi que les événemens les plus remarquables de son temps. Cinq de ces verrières existent encore dans la galerie du nord de l'Église souterraine. (*Idem*).

Le tombeau du duc Jean, etc.

La destruction de la majeure partie de ce monument atteste le passage d'une révolution funeste, comme ses débris annoncent encore son ancienne magnificence. Il a été outragé et renversé au point qu'il ne reste plus que la table de marbre noir qui couvrait le sarcophage; sur cette table est la statue couchée du duc, où brille la pureté des formes et la noblesse de l'expression. Cette statue qui retrace fidèlement les traits du prince, est de marbre blanc et de grandeur naturelle. Le prince est représenté dans un état de mort, vêtu d'une longue robe dont les plis descendent jusqu'aux pieds ; les mains croisées sur la poitrine, la couronne ducale sur la tête, et les pieds appuyés sur une ours, aussi couchée et enchaînée, qu'il avait prise pour symbole dans ses armes, avec cette devise: *Oursine, le temps vinra* ; devise que ce prince avait adoptée d'après l'espoir qu'il avait conçu de devenir un jour roi de France.

Ce mausolée, d'un marbre blanc veiné des plus rares, était élevé de terre d'environ quatre pieds et demi ; il était orné sur ses quatre faces de bas reliefs analogues et de sculptures d'un travail précieux. Quatre groupes d'anges, placés aux quatre angles du mausolée, dans diverses attitudes de deuil ; un grand nombre de petites pleureuses en albâtre rangées sur le pourtour lui ser. vaient d'accompagnement et étaient autant de chefs-d'œuvres justement admirés des connaisseurs ; mais tous ces ornemens ont été brisés ou enlevés. (ROMELOT).

Jean de France épousa en premières noces, Jeanne d'Armagnac dont il eut un fils et deux filles ; et en secondes noces, Jeanne, comtesse de Bologne et d'Auvergne, dont il n'eut pas d'enfants.

L'Autel de Notre-Dame-la-Blanche, etc.

La statue de la Sainte-Vierge que l'on restaure aujourd'hui est du même travail que la statue du duc comme fini, mais d'un marbre plus blanc et d'un dessin plus savant ; les plis des draperies sont mieux sentis, le costume est plus ancien que celui de l'époque, il se rapproche des tuniques du douzième siècle, ceintes d'une courroie étroite dont les trous sont bordés d'une pièce de métal. Cette statue est couverte d'un manteau ; la tête qui est cassée et manque, portait une couronne semblable à celle du duc Jean. L'enfant Jésus est assis sur sa mère, la tête manque aussi, toutes les parties saillantes des draperies sont écornées et les pieds ont été brisés. On retrouve encore des parties de dorures ; les cheveux de la Vierge qui se répandent sur les épaules, sont parfaitement conservés.

(*Notices pittoresques sur les monumens du Berri.*)

FIN.